Adam Blade

Convol der Wüstendämon

Aus dem Englischen
übersetzt von Sandra Lojahn

Mit besonderem Dank an Michael Ford
Für meine kleinen Brüder Kodie und Phoenix – beide echte kleine Monster! Alles Liebe von der großen Schwester Regan

ISBN 978-3-7855-8133-9
1. Auflage 2015
Titel der Originalausgabe: *Convol the Cold-Blooded Brute*

Erschienen in der Originalserie Beast Quest ™.

Aus dem Englischen übersetzt von Sandra Lojahn
Umschlaggestaltung: Elke Kohlmann
Printed in Germany

www.loewe-verlag.de

Tavania
Eisfelder
Flache Ebene
Königs-
palast
Nebeldschungel

Adam Blade

Convol, der Wüstendämon

Alle *Beast Quest*-Abenteuer:

Band 1: Ferno, Herr des Feuers
Band 2: Sepron, König der Meere
Band 3: Arcta, Bezwinger der Berge
Band 4: Tagus, Prinz der Steppe
Band 5: Nanook, Herrscherin der Eiswüste
Band 6: Eposs, Gebieterin der Lüfte
Band 7: Zefa, Gigant des Ozeans
Band 8: Clark, Riese des Dschungels
Band 9: Soltra, Beschwörerin der Steine
Band 10: Vipero, Fürst der Schlangen
Band 11: Arachnid, Meister der Spinnen
Band 12: Trillion, Tyrann der Wildnis
Band 13: Torgor, Ungeheuer der Sümpfe
Band 14: Skoro, Dämon der Wolken
Band 15: Narga, Monster der Meere
Band 16: Kaymon, Höllenhund des Grauens
Band 17: Tusko, Herrscher der Wälder
Band 18: Sting, Wächter der Festung
Band 19: Necro, Tentakel des Grauens
Band 20: Ecor, Hufe der Zerstörung
Band 21: Tarax, Klauen der Finsternis
Band 22: Vargos, Biss der Verdammnis
Band 23: Drako, Atem des Zorns
Band 24: Pantrax, Pranken der Hölle
Band 25: Rapu, der Giftkämpfer
Band 26: Voltor, der Himmelsrächer
Band 27: Rokk, die Felsenfaust
Band 28: Kryos, der Eiskrieger
Band 29: Paragor, der Teufelswurm
Band 30: Toxodera, die Raubschrecke
Band 31: Komodo, Echse des Schreckens
Band 32: Zestor, Krallen des Verderbens
Band 33: Pharox, Albtraum der Dunkelheit
Band 34: Modrik, Grauen der Moore
Band 35: Arbos, Fluch des Waldes
Band 36: Vespix, Stacheln der Angst
Band 37: Convol, der Wüstendämon
Band 38: Hellion, die Feuerbestie

Kannst du das Schicksal bezwingen?

Band 1: Zauberkessel der Macht

Inhalt

Willkommen in einer fremden Welt, in der dunkle Mächte toben.

Tom hat gedacht, er wäre auf dem Heimweg, aber er hat sich geirrt. Mein Sohn hat ein neues Königreich betreten, wo nichts ist, wie es scheint. Sechs schreckliche Biester bedrohen das Land und Tom und Elenna müssen sich einem alten Feind stellen, den sie vertrieben geglaubt hatten. Ich war nie stolzer auf meinen Sohn, doch habe ich auch Angst um ihn, denn seine Aufgabe ist schwierig und überall lauern Gefahren. Bleibt nur eine Frage: Bist du mutig genug, um Tom auf die gefährlichste seiner Missionen zu begleiten? Nur du kennst die Antwort.

Freya, Herrin der Biester

Der gute Zauberer

Dalaton rannte keuchend über den Hof. Er kam an zwei Wachmännern vorbei, die neben einem Ständer mit gefährlich aussehenden Speeren standen.

„Sieht so aus, als ob Dalaton der Flinke es eilig hätte“, flüsterte der eine.

„Er ist so schnell wie ein Hase, der vor einem Fuchs flüchtet!“, rief der andere laut und lachte.

Dalaton lief hastig an den Männern vorbei, ohne sie zu beachten. Er wünschte, er wäre nicht so dick, aber er war die Sticheleien seiner Kameraden bereits gewohnt. Manche behaupteten, selbst eine dreibeinige Schildkröte könnte ihn bei einem Wettrennen besiegen.

Er sah über seine Schulter. Die Wachen widmeten sich wieder ihren Aufgaben und beachteten ihn nicht mehr. Schnell schlüpfte er in einen dunklen Gang, der in das dumpfe Licht einer Fackel getaucht war. Hier war er vor den neugierigen Blicken der anderen sicher.

„Ich sollte das nicht tun. Ich sollte mich lieber um meine eigenen Angelegenheiten kümmern", dachte Dalaton. Aber er lief weiter.

Am Ende des Ganges drückte er sich gegen die Wand. Er versuchte, zu Atem zu kommen, und lauschte. Doch außer dem entfernten Wiehern eines Pferdes im Stall war nichts zu hören.

„Wenn ich erwischt werde, lässt mich der König in Ketten legen. Oder Schlimmeres“, dachte er ängstlich.

Dalaton schauderte. Jetzt gab es keinen Weg zurück. Er spähte um die Ecke zur Treppe, die ins Verlies hinunterführte. Irgendwo dort unten wurde der gute Zauberer Oradu gefangen gehalten und Dalaton wollte ihm helfen.

„Aber wie?“, überlegte er. „Was soll ich tun?“

Vorsichtig schlich er die Treppe hinab. Ein leises Stöhnen klang herauf und das Echo von Wassertropfen, die auf Stein fielen. Vielleicht war es schon zu spät. Die anderen Wachen hatten erzählt, dass der König versuchte, Oradus Kräfte zu stehlen. Sein Zauberbuch, seinen Kessel und seinen Falken hatte man ihm schon weggenommen.

Dalatons Haut prickelte vor Angst, als er die Treppe weiter hinunterstieg. Seine innere Stimme ermahnte ihn umzukehren, aber eine stärkere Kraft trieb ihn vorwärts. Wenn er dort unten eingesperrt wäre, würde er auch wollen, dass jemand kam, um ihm zu helfen.

Ein schwaches Licht flackerte im Dunkeln. Dalaton sah um die Ecke und erstarrte vor Schreck. Oradus Handgelenke, Knöchel und sein Hals waren mit Eisenketten gefesselt. Das Ende der Kette war an der Mauer befestigt.

Dalaton war dabei gewesen, als der stolze Zauberer gestern von den Wachen in die Burg gebracht worden war. Sie hatten ihm den spitzen Hut abgenommen. Nun war sein graues, verschwitztes Haar zu sehen. Seine Kleider waren verschmutzt und sein Kopf hing erschöpft herab.

Zwei Wachmänner standen vor ihm. Einer von ihnen hielt den Zauberstab in der Hand. „Ohne den bist du nicht so mächtig, was?“, spottete er.

Oradu antwortete nicht. „Der arme Mann ist am Ende“, dachte Dalaton.

„Jetzt fehlt nur noch der Umhang“, sagte der andere Wachmann. Er riss dem Gefangenen seinen Umhang herunter und der Zauberer begann vor Kälte zu zittern.

Dalaton schüttelte traurig den Kopf. „Es ist zu spät. Ich kann ihm nicht helfen!“

Nun zog der Wachmann eine Papierrolle aus seinem Gürtel und rollte sie auf. Dalaton sah, wie der Zauberer sich langsam aufrichtete. In seinen Augen schimmerte es. Der Wachmann begann zu lesen: „Im Namen des Königs beschlagnahmen wir hiermit all deine Magie ...“

Wusch!

Kalter Wind blies durch den Raum und fegte die Papierrolle zu Boden. Blendende Lichtstrahlen blitzten auf. Dalaton schützte seine Augen mit der Hand. Die beiden Wachmänner schrien erschrocken auf.

So plötzlich wie es gekommen war, verschwand das Licht wieder.

„Wo ist er hin?“, rief einer der Wachmänner überrascht und sah sich ungläubig um.

Auch Dalaton traute seinen Augen nicht. Die Ketten, die Oradu gefangen gehalten hatten, baumelten lose herab. Die Wachen standen sprachlos da. Oradu war entkommen!

„Der König wird toben“, sagte der eine Wächter ängstlich. „Was sollen wir tun?“

Dalaton wartete nicht länger. Auf Zehenspitzen schlich er die Treppe hoch. In seinem Magen bildete sich ein schmerzhafter Klumpen. Nun, da der gute Zauberer sie verlassen hatte, würde nichts und niemand den König aufhalten können.

Bis ein neuer Held gefunden war, würde das Königreich im Dunkeln versinken.

Vertauschtes Königreich

Um sie herum schimmerte das Portal und tauchte alles in grelles blaues Licht. Wind blies durch Toms Kleider, als sie sich seinem Heimatland Avantia näherten. Er drehte sich um und entdeckte seine Mutter Freya. Ihr langes Haar wehte ihr ins Gesicht. Elenna grinste Tom mit verschränkten Armen an. Marcs Umhang flatterte um seine dünnen Beine. Silver wedelte mit dem Schwanz, Storm schüttelte seine Mähne und peitschte mit seinem Schweif.

„Nun wird alles gut“, dachte Tom.

Während sie durch den magischen Tunnel liefen, war das Schloss von König Hugo immer wieder kurz zu sehen. Auf dem Festungswall flatterte eine schwarze Fahne. Eine Fahne, die Tom nicht kannte.

„Was ist passiert, seit ich weggegangen bin?“, fragte sich Tom und schauderte.

Doch er verdrängte seine Sorgen. Kayonia lag hinter ihnen und Velmal war besiegt. Bald waren sie zu Hause. Sein Vater Taladon wartete auf sie. Endlich würde seine Familie nach langer Zeit wieder vereint sein!

Das blaue Licht verschwand und vor ihnen tauchte eine Wiese auf. Tom fiel zu Boden. Er ging in die Knie, um die harte Landung abzufedern, und rollte sich ab. Elenna purzelte neben ihm ins Gras.

Tom streckte die Beine aus und versicherte sich, dass nichts gebrochen war, dann stand er auf. Elenna zupfte Grashalme von ihrer Kleidung. Sie lachte über Silver, der fröhlich bellte und in die Luft sprang.

„Stimmt genau“, sagte sie zu ihrem Wolf. „Wir sind zu Hause!“

Marc erhob sich und strich seinen Umhang glatt. Er sah sich mit weit aufgerissenen Augen um. Sie standen auf einer Wiese voller bunter Blumen. Storm neigte glücklich den Kopf und fraß von dem frischen, saftigen Gras.

Freya lächelte. „Es ist so lange her, dass ich in diesem Königreich gewesen bin“, sagte sie.

„Wir sind nicht weit von König Hugos Schloss entfernt“, stellte Tom fest. „Es muss hinter diesem Hügel dort liegen.“

„Gehen wir!“, sagte Elenna.

Sie marschierten los. Von der Hügelkuppe aus war das Schloss gut zu sehen. Während seiner letzten Mission hatte Tom sich oft gefragt, ob er es jemals wiedersehen würde. Trotz der schwarzen Fahne hüpfte sein Herz vor Freude.

Doch als sie näher kamen, bemerkte Tom noch weitere Veränderungen. Mehr Soldaten als sonst standen mit gezückten Waffen auf den Mauern. Er spürte, dass durch die Schießscharten Hunderte Pfeile jede ihrer Bewegungen verfolgten. Angst kroch in ihm hoch.

„Sie scheinen in Alarmbereitschaft zu sein“, meinte Freya.

Elennas Blick huschte von Fenster zu Fenster. Sie sah besorgt aus. „Befindet sich das Königreich im Krieg?“, fragte sie.

„Ich weiß es nicht“, erwiderte Tom und wechselte einen sorgenvollen Blick mit Marc. Der Zauberlehrling hielt seinen Stab

fest mit beiden Händen umschlossen. Sein Gesichtsausdruck schien Toms Gedanken widerzuspiegeln: Irgendetwas ist in Avantia ganz und gar nicht in Ordnung.

Die Zugbrücke wurde hochgezogen. Langsam wie die Kiefer eines Riesen öffnete sie sich. Das Wasser im Burggraben, das immer kristallklar gewesen war, war nun dunkel und schlammig.

„Ich hoffe, Taladon geht es gut“, sagte Tom.

Drei Wachmänner mit Speeren kamen auf sie zu. Sie trugen schwarze Uniformen mit Goldverzierung und silberne Helme. Durch die schmalen Sehschlitze waren ihre Augen kaum zu erkennen.

„Wer wagt es, das Land des Königs zu betreten?“, brüllte der Anführer der beiden Wachen. „Sprecht schnell oder schweigt für immer!“

Tom hob beide Hände, um zu zeigen, dass sie in Frieden kamen.

„Wir sind Freunde von Avantia“, sagte er. „Wir sind durch ein Portal aus einem anderen Land gekommen.“

Die Soldaten sahen sich misstrauisch an.

„Alle Reisenden müssen dem König Bericht erstatten“, erklärte der Wachmann weiter.

Tom straffte die Schultern. „Bitte, sagt dem König, dass Tom und Elenna hier sind“, erklärte er. „Wir sind aus Kayonia zurückgekehrt und wünschen ihn zu sprechen.“

Der Anführer senkte seinen Speer.

„Gebt uns zuerst eure Waffen!“, befahl er.

Tom gefiel das ganz und gar nicht, aber er begann, den Schild von seiner Schulter zu schnallen. Elenna sah ihn alarmiert an und schüttelte leicht den Kopf.

„Wir müssen tun, was sie sagen“, flüsterte er ihr zu.

Tom band sein Schwert vom Gürtel los. Er trennte sich nur ungern von seinem Schwert, aber seinen Schild zu verlieren war noch schlimmer, denn darin steckten die sechs magischen Gegenstände, die er auf seiner allerersten Mission von den guten Biestern von Avantia bekommen hatte und die ihm besondere Kräfte verliehen. Elenna reichte den Wachen Pfeil und Bogen und ermahnte sie, ja gut auf sie aufzupassen. Freya gab ihnen ihr glänzendes Bronzeschwert mit dem gravierten Griff. Marc hob die Hände und zeigte ihnen, dass er nur den Stab und keine Waffe bei sich hatte.

Der Anführer nickte grimmig. „Gut, folgt mir."

Mit einem Wachmann auf jeder Seite wurden sie ins Schloss geleitet. So hatte sich Tom seine Rückkehr nicht vorgestellt.

Drinnen war es kalt und feucht. Auf den Mauern hatte sich überall Moos ausgebreitet. Die Kette der Zugbrücke war rostig.

„So sah es nicht aus, als ich das letzte Mal hier war“, sagte Freya.

„Nein“, stimmte ihr Tom zu. Je schneller er Taladon und König Hugo fand, umso besser.

An jeder Tür und in jedem Durchgang standen Soldaten. Ihre Augen folgten ihnen misstrauisch.

Sie ließen Storm und Silver bei einem Knecht zurück und stiegen den Turm zum Thronzimmer hinauf.

Tom bemerkte, dass die Bilder von König Hugos Verwandten nicht mehr an den Wänden hingen. „Vielleicht werden sie gesäubert oder repariert“, dachte Tom.

Die große Tür zum Königszimmer war geschlossen.

„Seltsam“, wunderte sich Tom. „Früher stand sie immer offen.“

Der Soldat klopfte mit seinem Speer dreimal auf den Boden.

„Herein!“, rief eine ungeduldige Stimme durch die Tür.

Die Türflügel öffneten sich knarrend. Im Kamin brannte ein großes Feuer. Der Schein der Flammen tauchte den Raum in schummeriges Licht und überall zuckten Schatten.

König Hugos Thron stand am anderen Ende des Raumes. Darauf saß eine gebeugte Gestalt.

„Das ist nicht König Hugo“, dachte Tom.

„Wer wagt es, meine Ruhe zu stören?“, fragte die Gestalt.

Sie gingen ein paar Schritte in den Raum hinein, bis sie im flackernden Licht das Gesicht des Mannes erkennen konnten.

Elenna keuchte. „Das kann nicht sein ..."

Tom schienen die Worte im Hals stecken zu bleiben. Es gelang ihm nur, ein einziges zu flüstern: „Malvel!"

Der König von Tavania

Der böse Magier beugte sich vor und klatschte mit seinen knochigen Händen. Unter seiner dunklen Kapuze verzog sich sein blasses Gesicht zu einem Grinsen.

„Was für eine schöne Überraschung“, sagte Malvel.

„Nein ...“, keuchte Tom. „Das kann nicht sein ... Wir haben dich besiegt ...“

Malvel beachtete Tom nicht. Er kniff die Augen zusammen und betrachtete Marc. „Du trägst einen Zaubererumhang, Junge!“

„Ich bin nur ein Lehrling“, sagte Marc.

Malvel stand auf. „Dann muss es deine Zauberkraft gewesen sein, die das Chaos über Tavania gebracht hat.“ Er schaute zu den Wachen hinüber, um zu sehen, wie sie reagierten. Der eine Wachmann flüsterte dem anderen etwas zu.

„Es ist die Schuld des Jungen!“

„Tavania?“, wunderte Tom sich.

„Was für ein Chaos?“, fragte Freya.

Sie schnellte nach vorn und packte Malvels dünnen Arm. Er zischte vor Wut und versuchte, sich zu befreien, aber schon hatte sie ihre andere Hand fest um seinen Hals geschlossen. Mit hervorquellenden Augen schrie er nach seinen Soldaten.

„Schafft mir das Weib vom Hals!“ Seine Stimme klang dünn und hoch. Blitzschnell waren die Soldaten bei Freya, bogen ihre Finger auf und verdrehten ihr die Arme schmerzhaft auf den Rücken. Sie schnitt eine Grimasse, machte aber keinen Mucks. Tom trat vor, um ihr zu helfen, aber ein Wachmann wandte sich zu ihm um und richtete seine Schwertspitze auf Toms Kehle. Tom schluckte seine Wut herunter und trat langsam zurück.

Malvel schnaubte und rieb sich den Hals. „Ihr wisst es also nicht?“, fragte er schließlich. „Habt ihr die Tränen am Himmel nicht gesehen?“

Er deutete zum Fenster und Tom rannte hinüber. Der Himmel ähnelte dem in seiner Heimat tatsächlich nicht. Wegen der vielen Wolken hatte er es zuvor nicht bemerkt, aber es sah so aus, als wäre das ganze Königreich unter einer riesigen Glaskuppel versteckt. Seltsame Schatten huschten über den Himmel. Stellenweise öffneten sich dunkle Flecken wie klaffende Münder, dann schnappten sie wieder zu. „Wir sind weit weg von Avantia“, begriff Tom.

Er drehte sich zu dem bösen Magier um. „Wohin hast du uns gebracht?“

Ein Wachmann trat Tom in die Kniekehlen und er fiel stöhnend zu Boden. Tom blickte verzweifelt zu Freya.

„Lasst ihn in Ruhe!“, rief Elenna.

„Niemand spricht in diesem Ton mit dem König!“, rief der Wachmann, der Tom umgetreten hatte. Dann wandte er sich an Malvel. „Sie haben behauptet, sie wären durch ein Portal gekommen, Majestät.“

„Wie ich vermutet habe“, sagte Malvel. Er stand auf und umkreiste Tom wie ein Raubtier seine Beute. „Es muss ihre Schuld sein. Sie sind für das, was mit den Biestern passiert ist, verantwortlich.“

„Biester?“, fragten Tom und seine Mutter gleichzeitig.

Ein fieses Grinsen erschien auf Malvels Gesicht. „Ihr habt den Fluch über uns gebracht."

„Welchen Fluch?", fragte Marc.

Malvel nickte zum Fenster. „Der Fluch, der die Biester aus ihrer natürlichen Umgebung reißt, und sie dorthin schickt, wo sie nicht hingehören. Der Fluch, der sie unvorstellbar wütend macht und Chaos über mein ganzes Königreich bringt."

Freya hatte sich aus dem Griff des Wachmanns gelöst und half Tom, aufzustehen.

„In diesem Land muss es einen guten Zauberer geben", sagte Marc. „Was habt Ihr mit ihm gemacht?"

Malvels Augen wurden eiskalt. Er reckte einen Arm in die Luft. In seiner Handfläche bildete sich ein rotes Glühen, wie ein Stück brennende Kohle. Tom bemerkte, dass die

Soldaten vor Marc zurückwichen, als hätten sie Angst.

„In Tavania gibt es nur Platz für einen einzigen Zauberer!“, schrie Malvel.

Er schwang seine Hand nach vorn und schleuderte einen roten Lichtstrahl nach Marc, der diesen heftig in die Brust traf. Toms Freund gab keinen Ton von sich, aber seine Augen weiteten sich und er fiel auf die Knie. Sein Mund öffnete sich zu einem stummen Schrei. Elenna schrie vor Panik.

„Malvel, was hast du getan?“, rief Tom entsetzt.

Er rannte auf Marc zu, aber nun bildete sich ein roter Lichtkreis um den Körper des Zauberlehrlings. Tom prallte von ihm ab und fiel zu Boden. „Es ist eine Art Schild“, dachte er.

Verzweifelt sah er zu Malvel, der bösartig grinste. Aus den Fingern des Magiers kam ein roter Lichtstrahl, der sich mit der Blase, die den Zauberlehrling umgab, verband. Plötzlich lösten sich weiße Nebelstreifen aus Marcs Körper. Sie wanderten entlang des roten Strahls direkt zu Malvels Arm. Toms Freund zitterte, als würde ihm das Leben ausgesaugt werden.

„Malvel stiehlt seine Zauberkraft“, begriff Tom. Er stand auf und warf sich erneut gegen den roten Zauberschild, aber es half nichts. Der Lichtkreis war hart wie eine Steinmauer.

Malvel ballte die Fäuste und das Glühen

verschwand. In der Luft hing der Geruch nach Kohle und Rauch. Marc taumelte einen Moment auf den Knien, dann fiel er leblos nach vorn. Elenna eilte zu ihm. Sie fühlte an seinem Hals nach dem Puls. Sie sah zu Tom und schüttelte den Kopf.

„Er ist tot“, flüsterte sie ungläubig.

Als Tom begriff, was gerade geschehen war, erfüllten ihn Wut und Schmerz. Er wollte sich auf Malvel stürzen, aber zwei starke Arme ergriffen ihn von hinten und plötzlich lag ein Schwert an seiner Kehle.

Er versuchte, seine Gefühle zu unterdrücken und mit ruhiger Stimme zu sprechen.

„Solange Blut in meinen Adern fließt, werde ich ...“, sagte er an den bösen Magier gerichtet.

„Ja, ja“, unterbrach Malvel ihn und winkte herablassend. „Das hast du schon in Avantia zu mir gesagt. Aber nun ist es Zeit für dich zu gehen! Auf Wiedersehen, alter Freund!“

Der böse Zauberer klatschte in die Hände. Tom dachte, Malvel würde noch mehr Soldaten rufen, doch stattdessen verschwamm der Raum um ihn herum. Malvel war plötzlich doppelt zu sehen, dann vierfach. Er schwebte bedrohlich vor dem Thron in der Luft. Tom wurde schlecht und schwindelig. Er spürte keinen Boden mehr unter den Füßen. Eisige Luft strich über seine Haut. Dann fiel er …

Er stürzte hart zu Boden und verdrehte sich dabei den Knöchel. Er hörte Elenna und Freya vor Schmerz keuchen, als sie neben ihm landeten. Tom lag mit dem Gesicht zum Boden, auf dem überall Stroh verteilt war. Es roch feucht und modrig. Im Dämmerlicht erkannte er Eisenstangen.

Sie waren gefangen!

Ein vertrautes Gesicht

„Wo sind wir?“, wisperte Elenna.

„Wir sind in einem Verlies“, stellte Tom fest. Er stand vorsichtig auf, um seinen Knöchel nicht zu sehr zu belasten. Es tat weh, aber es würde schon gehen. Freya half Elenna beim Aufstehen.

Durch die Eisenstäbe drang schwaches Licht herein. Tom konnte Tränen auf Elennas Wangen sehen und musste schlucken.

„Wir müssen stark bleiben“, sagte er. „Marc würde nicht wollen, dass wir aufgeben.“

Sie nickte. Tom hörte ein Wiehern. Das war Storm!

Er sprang auf und rannte zum Fenster. Durch die dicken Gitterstäbe konnte er einen Stall erkennen. Über eine halb geöffnete Boxentür ragte Storms Kopf. Silver war mit einem Strick an einem Pfosten festgebunden.

„Macht euch keine Sorgen!", rief Tom und seine Stimme hallte von den feuchten

Wänden wider. „Wir kommen hier raus – irgendwie."

Storm wieherte, als er Toms Stimme hörte.

„Was ist hier los?", fragte eine heisere Stimme.

Tom wich vom Fenster zurück. Ein dicker Gefängniswärter kam die Steintreppe ins Verlies hinunter. Er hielt eine brennende Fackel in der Hand und um seinen Bauch war ein Gürtel mit vielen Schlüsseln gebunden. Freya beobachtete ihn aus zusammengekniffenen Augen und legte den Kopf schief.

Der Wächter streckte seine Nase zwischen den Gitterstäben hindurch. Sein Bauch drückte dabei gegen die Eisenstangen.

„Wir haben nichts Unrechtes getan", sagte Elenna. „Lass uns raus. Malvel hat unseren Freund getötet und uns in dieses Verlies gesperrt. Wir gehören nicht hierher."

Der Mann hob entschuldigend beide Hände. „Es gibt keinen Zweifel daran, dass Malvel ein strenger König ist", flüsterte er. „Aber wenn ich euch freilasse, kostet mich das meinen Kopf." Tom sah, dass dem Mann die Hände zitterten. „Wer seid ihr eigentlich?"

„Ich heiße Tom", antwortete er. „Und das sind Freya und Elenna." Er deutete auf seine Mutter und seine Freundin, die jetzt wütend auf und ab lief. Freya betrachtete den Wächter immer noch misstrauisch.

„Ich heiße Dalaton", sagte der Wachmann. „Wenn ihr mir keinen Ärger macht, dann mache ich euch auch keinen. Also kein Geschrei mehr, verstanden?"

Er watschelte langsam die Treppe hoch.

„Wo sind wir?“, fragte Elenna. „Das Land ähnelt Avantia sehr, aber alles ist irgendwie verändert und verdreht. Wo ist König Hugo? Und was ist mit Aduro?“

„Ich glaube, sie sind nicht hier“, sagte Tom. „Du hast doch gesehen, wie verwirrt die Wachen waren. Sie haben noch nie von ihnen gehört.“

„Ich wusste, dass es gefährlich ist, durch Portale zu reisen“, sagte Freya. „Wenn zu viele gleichzeitig geöffnet sind, kann die Harmonie der Welten gestört werden und es geschehen seltsame Dinge ...“

„Und Avantia heißt jetzt Tavania!“, grübelte Elenna.

„Das ist es ja“, sagte Tom. „Ich glaube nicht, dass das hier Avantia ist. Das ist eine ganz andere Welt.“

Schuld und Wut rumorten in Toms Bauch und ihm wurde übel. „Bin ich schuld an all dem Chaos?“, überlegte er. „Ich bin durch ein Portal von Gwildor nach Kayonia gelangt und dann von Kayonia hierher ...“

Tom warf sich gegen die Eisenstäbe und versuchte, sie auseinanderzubiegen. Er zog so fest an ihnen, bis er das Gefühl hatte, seine Sehnen würden reißen. Aber es half nichts. Freya legte eine Hand auf Toms Schulter und er trat schwitzend zurück.

„Sorge dich nicht, mein Sohn“, beruhigte sie ihn. Ihre Rüstung schimmerte schwach im dumpfen Licht. Auch wenn sie hier eingesperrt waren, war Freya immer noch die Herrin der Biester. War Tom so mutig und edel wie sie? „Es kommt wieder alles in Ordnung“, fuhr sie fort.

„Aber wie?“, fragte Tom entmutigt.

„Jedes Königreich braucht einen Helden“, sagte sie. „Auch Tavania.“

Freya hatte recht. Er durfte nicht aufgeben.

„Zuallererst müssen wir hier raus!“, sagte Elenna.

Das Stroh, das zu ihren Füßen lag, wirbelte plötzlich auf, als wäre ein starker Luftstoß in das Verlies geströmt. Eine große, verschwommene Gestalt erschien.

Tom sah sich nach einer Waffe um, aber es gab nichts, womit er sich verteidigen konnte.

Die Gestalt wurde nun klarer. Es war ein Mann, der einen Fingerbreit über dem Boden schwebte. Der lange, weiße Bart erinnerte Tom an Aduro, aber er trug keinen spitzen Zauberhut und auch keinen Umhang, sondern eine Tunika. Seine Kleidung war sehr einfach und verschmutzt. Seine Füße waren nackt und dreckig.

„Wer bist du?“, fragte Tom.

„Ich bin Oradu“, antwortete der Mann. „Der gute Zauberer von Tavania und Ratgeber von König Henri.“

Der Zauberer durchschritt den Raum. Es sah aus, als würde er gegen die Eisenstangen laufen, doch er glitt einfach durch sie hindurch.

„Du bist nicht wirklich hier“, stellte Tom fest. Er musste an das denken, was Malvel gesagt hatte: „In Tavania ist nur Platz für einen einzigen Zauberer!“

Oradu nickte grimmig und sah schnell über seine Schulter. „Ich habe nicht viel Zeit.“

„Wo sind deine richtigen Kleider?“, fragte Elenna.

„Malvel hat mir meine Kräfte geraubt“, erzählte Oradu. „Zusammen mit meiner Zauberkleidung. Solange die Portale geöffnet sind, kann sich Malvel an der dunk-

len Magie bedienen. Wenn sie nicht geschlossen werden, können weder ich noch der König nach Tavania zurückkehren."

Tom dachte an Marc, dem ebenfalls die Zauberkraft ausgesaugt worden war. Das Gleiche musste auch Oradu passiert sein, aber wenigstens war er mit dem Leben davongekommen.

„Was können wir tun?", fragte er.

„Ihr seid durch ein magisches Portal hierhergekommen", sagte Oradu. „Dadurch wurde das Gleichgewicht des Königreichs gestört. Sechs Biester wurden an Orte verfrachtet, an die sie nicht gehören. Sie sind verwirrt und sehr, sehr gefährlich."

Tom sah zu Elenna. Ihr Gesichtsausdruck spiegelte seine eigene Traurigkeit wider. Er wandte sich an Oradu. „Es tut mir leid, dass wir so viele Probleme verursacht haben."

Oradu lächelte. „Ein echter Held grämt sich nicht wegen seiner Fehler, sondern tut alles dafür, sie zu beheben. Nur du kannst die Biester zurück in ihre Heimat schicken und das Chaos in Tavania beseitigen.“

„Und wenn ich es nicht schaffe?“, fragte Tom.

Oradu blickte ihn niedergeschlagen an. „Dann werden die Portale Tavania auseinanderreißen ... wenn die Biester es nicht zuerst tun.“

Tom straffte die Schultern und sah zu Elenna und seiner Mutter.

„Das werde ich nicht zulassen“, sagte er. „Ich habe Malvel aus meinem eigenen Königreich gejagt. Ich werde ihn auch dieses hier nicht zerstören lassen.“

Oradus Gestalt begann zu flimmern, er lächelte. „Ich sehe, dass du ein starkes Herz hast. Ich werde dir helfen, so gut ich kann. Mit jedem Biest, das du rettest, werde ich einen meiner sechs magischen Gegenstände zurückbekommen. Wenn ich alle sechs zurückhabe, werde ich wieder bei vollen Kräften sein. Dann können wir Malvel besie–"

Tom keuchte erschrocken auf, als er schlurfende Schritte näher kommen hörte.

„Was ist das für ein Geplapper da unten?", rief eine zornige Stimme.

Dalaton kam die Treppe heruntergetrampelt. In einer Hand hielt er ein halb abgekautes Hühnerbein. Elenna eilte zum Gitter, um ihm die Sicht zu versperren.

Doch als sich Tom umdrehte, war Oradu verschwunden.

„Ich hatte euch befohlen, euch ruhig zu verhalten", sagte Dalaton verärgert. Er biss von seinem Hühnchen ab und kaute geräuschvoll.

Elenna lehnte sich gegen die Gitterstäbe und lächelte ihn strahlend an. „Entschuldigung“, sagte sie mit süßer Stimme. „Wir haben nur versucht, uns ein wenig die Zeit zu vertreiben.“

„Was hat sie vor?“, wunderte sich Tom. „Oradu ist weg. Sie muss den Wärter nicht mehr ablenken.“

Dalaton wischte sich den Mund mit einem schmutzigen Tuch ab und watschelte wieder die Treppe hoch. Elenna drehte sich immer noch lächelnd zu den anderen um. Hinter ihrem Rücken zog sie einen Schlüsselbund hervor und klapperte damit.

„Dalaton ist wirklich kein guter Gefängniswärter. Ich habe ihm heimlich die Schlüssel von seinem Gürtel gestohlen."

„Elenna!", rief Tom überrascht. „Du bist genial."

„Ich wusste gar nicht, dass du eine Meisterdiebin bist", sagte Freya grinsend.

Elenna steckte den größten Schlüssel ins Schloss. Es machte ein klickendes Geräusch, als sie ihn umdrehte und die Tür öffnete.

Tom fasste neuen Mut und erschauderte vor Aufregung. Eine neue Mission hatte begonnen!

Flucht aus dem Verlies

„Und wohin jetzt?“, fragte Elenna, während sie die Steintreppen hochstiegen.

Tom blieb am Treppenabsatz stehen und sah vorsichtig um die Ecke. Dalaton saß zusammengesunken auf einem Stuhl. Er schnarchte. Neben ihm lehnten an der Wand ein Schwert und ein Schild. Der Schild hatte einen abgewetzten Lederbezug und das Schwert war etwas rostig. Im Kampf mit einem Biest würden sie wahrscheinlich nicht lange standhalten, aber vorerst mussten sie genügen.

Tom legte den Finger auf die Lippen und sie schlichen an dem Wärter vorbei. Dalaton schmatzte im Schlaf und murmelte etwas. Tom blieb stehen und wartete, bis der Mann wieder zu schnarchen anfing. Dann griff er nach den Waffen. Freya betrachtete den Wachmann und lächelte.

Silver stand geräuschlos auf, als er sie näher kommen sah. Elenna befreite ihn von dem Strick um seinen Hals und Tom öffnete die Stalltür. Storm schnaubte dankbar.

„Jetzt müssen wir nur noch aus dem Schloss raus“, dachte Tom.

Ein Weg führte vom Stall zur Zugbrücke, aber dort standen Soldaten. Sie mussten sie ablenken. Über dem Wachposten befand sich die rostige Zugkette. Tom deutete darauf.

„Wenn wir die Kette lösen, wird die Brücke aufgehen“, sagte er zu Elenna. „Du und Freya, ihr steigt auf Storm und macht euch bereit, loszureiten – ich übernehme den Rest.“

„Wo ist Freya?“, fragte Elenna.

Tom sah sich um. Seine Mutter war hinter ihnen zurückgeblieben. Er lief zu ihr.

„Wir müssen weg hier“, zischte er ihr zu.

Aber sie schüttelte den Kopf. „Nein. Du und Elenna, ihr müsst allein gehen.“

„Was?“, wisperte Tom. „Ich lasse dich nicht zurück.“

Freya sah Tom sehr ernst an.

„Deine Mission ist es, Tavanias Biestern zu helfen, nach Hause zu finden“, erklärte sie. „Ich muss dem Königreich auf andere Art dienen.“

„Aber ...“ Tom war so verwirrt, dass er kaum sprechen konnte. „Ich ...“

„Tavania befindet sich in einem schrecklichen Chaos“, sagte sie und drehte sich zu dem schnarchenden Wachmann um. „Es braucht einen eigenen Herrn der Biester.“

Tom folgte ihrem Blick zu dem dicken Mann. „Er?“, fragte er. „Er ist kein Herr der Biester. Er ist nur ein fauler, dicker Wachmann.“

Freya schüttelte den Kopf. „Mein Instinkt sagt mir, dass er Tavanias Held sein könnte. Bisher hat er nur einfach nicht die Chance bekommen, ein Held zu sein.“

Freya wandte sich wieder Tom zu und legte eine Hand auf seine Schulter. „Tom, ich bleibe hier und helfe Dalaton dabei, der Held zu werden, den Tavania verdient hat."

„Aber … ich habe dich gerade erst gefunden", sagte Tom.

„Ich weiß, mein Sohn. Aber ich warte hier auf dich, bis du deine Mission erfüllt hast. Versprochen."

„Ich komme wieder", sagte Tom leise. Sein Hals wurde plötzlich eng.

Dalaton bewegte sich im Schlaf und Tom hielt die Luft an. Aber der Mann kratzte sich nur an der Nase, ohne die Augen zu öffnen.

„Ich weiß, dass du es schaffen wirst", sagte Freya. „Viel Glück, mein Sohn!"

Tom ging, ohne sich noch einmal umzudrehen.

An der Stallwand lehnte ein Hammer,

den er sich auf die Schulter hievte. Er brauchte etwas, um die Zugbrücke herunterzulassen.

„Bereit?“, fragte er Elenna, die auf Storms Rücken saß.

„Kommt Freya nicht mit?“, fragte sie.

Tom schüttelte den Kopf. „Sie hat ihre eigene Mission“, erwiderte er. „Warte hier.“

Tom stieg eine schmale Treppe auf die Verteidigungsmauer oberhalb der Brücke empor. Von hier aus konnten die Soldaten über den Burggraben blicken.

Tom stellte sich oberhalb der Kettenwinde in Position. Die Kette, die um sie gewickelt war, war so dick wie sein Handgelenk. Er hob den Hammer über den Kopf. „Wenn das nicht funktioniert, sind wir in großen Schwierigkeiten“, dachte er.

Mit aller Kraft schlug er mit dem Hammer auf die Winde. Sie brach krachend auseinander und die Kette wickelte sich ab. Mit lautem Quietschen öffnete sich die Brücke. Die Soldaten erschraken.

„Was ist los?“, schrie einer.

„Eindringlinge auf der Zugbrücke!“, schrie ein anderer.

Über den Lärm ihrer Stimmen hinweg hörte Tom das Donnern von Hufen. Seine Freunde stürmten herbei. Silver lief vorneweg, Elenna galoppierte auf Storm hinter ihm durch das Tor. Als der Hengst auf die Brücke raste, rannten die Soldaten mit gezückten Armbrüsten hinterher.

„Halt! Stehen bleiben!“, brüllten sie.

Tom sprang von der Mauer und landete direkt auf den Soldaten, die zu Boden gingen. Er schnappte sich eine Armbrust und schleuderte die andere in den Burggraben. Dann rannte er hinter seinen Freunden her. Er holte Storm ein, der et-

was langsamer wurde, damit Tom hinter Elenna in den Sattel springen konnte.

„Lauf!“, rief er.

Elenna drückte ihre Fersen in Storms Seiten und der Hengst raste über die Felder. Tom warf einen letzten Blick zurück auf die Burgtürme. War es richtig gewesen, Freya dort zu lassen?

„Wenn ich zurückkomme“, versprach er sich selbst, „dann wird Tavania von Malvel befreit sein.“

Ein versteckter Feind

Als das Schloss bereits außer Sichtweite war, ließ Elenna Storm anhalten und sie stiegen ab. Am Himmel über ihnen funkelten Tausende Sterne. Die Sternbilder sahen genauso aus wie in Avantia. Tom erzählte Elenna von Freyas Entscheidung, zurückzubleiben.

„Du wirst sie bestimmt vermissen“, sagte sie sanft.

Tom nickte. „Aber ihre Aufgabe ist es, Dalaton auf den richtigen Weg zu bringen. Sie ist sich ihrer Sache absolut sicher.“

„Aber wo sollen wir jetzt hin?“, fragte Elenna und schnallte sich die Armbrust um, die Tom den Wachmännern gestohlen hatte. „Wir wissen doch gar nicht, welches das erste Biest ist.“

„Wir werden es schon herausfinden“, erwiderte Tom. „Das tun wir doch immer. Lass uns ...“

Er verstummte, als er spürte, dass Elenna sich im Sattel kerzengerade aufrichtete. Beide hörten ein merkwürdiges, tiefes Brummen hinter ihnen. Toms Hand wanderte zu seinem neuen Schwert, das er im Verlies gefunden hatte – waren sie in Gefahr?

Als er sich umdrehte, sah er einen seltsamen, goldenen Schimmer, der aus Storms Satteltasche drang. Tom lehnte sich zur Seite, öffnete die Tasche und griff hinein. Seine Hand schloss sich um etwas, das sich wie ein kleines Buch anfühlte. Allerdings war es so kalt wie Metall. Er zog es vorsichtig heraus und keuchte auf. Es war eine goldene Tafel! Sie war etwa so groß wie seine Handfläche und hatte eine Schließklappe auf der Vorderseite. Er schob die Klappe zurück und mit einem leisen Klicken öffnete sich die Tafel. Da bemerkte Tom, dass sie sich weiter aufklappen ließ. Er faltete die Tafel immer weiter auf, bis er beide Hände brauchte, um sie zu halten. In die Oberfläche war eine Landkarte eingraviert.

„Es ist eine Karte“, sagte Elenna mit großen Augen.

Tom lächelte. „Oradu muss seine letzte verbliebene Magie benutzt haben, um sie uns zu geben“, überlegte er.

Das Land auf der Karte sah genauso aus wie Avantia. Im Norden lagen Berge

und Eisfelder, im Süden ein Fluss und im Osten ein Vulkan. Auch der Palast war eingezeichnet und an der Stelle, wo sonst sein Heimatdorf Errinel lag, war ebenfalls ein Dorf. Doch die Namen waren vollkommen anders. Tom richtete seinen Blick auf den unteren Rand der Karte, wo eines der Portale markiert war. Es wirbelte wie ein Tornado in der Luft. Statt der Roten Wüste, die er aus Avantia kannte, gab es hier eine Purpurwüste. Neben dem Portal erschien ein Name in goldenen Buchstaben: Convol.

„Malvel hat gesagt, dass die Biester durch die Portale gefallen sind“, meinte Elenna. „Convol muss der Erste sein, dem wir uns stellen müssen. Ich frage mich, was für ein Biest er ist.“

„Es gibt nur einen Weg, das herauszufinden“, erwiderte Tom und sah über die Schulter zurück zum Schloss, aus dem sie geflohen waren. „Lass uns weiterreiten, bevor Malvel seine Soldaten nach uns schickt.“

Tom trieb Storm an und sie ritten in einem weiten Bogen um das Schloss herum. Er staunte, wie sehr ihn alles an Avantia erinnerte. Doch auch wenn sich die Landschaft ähnelte, ein Blick nach oben zeigte ihm, dass dieser Ort nicht seine Heimat war. Die Glaskuppel über ihnen verbreitete ein unheimliches Licht und die Wolken spiegelten sich darin.

Als sie ans Ufer des Südflusses kamen, war weit und breit keine Brücke zu sehen. Tom suchte nach einer seichten Stelle und fand schließlich eine schmale Furt.

„Wir sollten haltmachen und etwas trinken“, sagte er. „In der Wüste wird es sicher heiß und knochentrocken werden.“

Silver begann zu trinken und Storm senkte den Kopf ebenfalls ins Wasser. Tom wusch sich den Schmutz aus dem Gesicht.

„Ein heißes Bad wäre jetzt traumhaft“, sagte Elenna und spritzte mit Wasser nach ihm.

„Ja, stimmt“, erwiderte Tom.

Er hielt seinen Kopf dicht über das Wasser und versuchte, den gröbsten Dreck aus seinen Haaren zu waschen. Er schrubbte sich gerade hinter den Ohren, als Storm plötzlich wieherte. Tom sah, dass der Hengst vom Ufer zurückwich.

„Was ist los?“, fragte Tom alarmiert.

Elenna keuchte. „Tom, der Fluss ...“

Er drehte sich um und sah das Wasser blubbern, als würde es kochen. Wie aus dem Nichts schossen zwei Wasserarme heraus und wanden sich um Toms Brust.

Immer mehr Wassertentakel erhoben sich aus dem Fluss. Einer von ihnen wickelte sich um Toms Hals und drückte zu.

Ein anderer Tentakel wand sich mit saugendem Griff um seinen Knöchel.

„Hilf mir!“, rief er mit erstickter Stimme.

Elenna eilte zu ihm und versuchte, den Wassertentakel von seinem Hals zu lösen, aber ihre Finger glitten einfach durch das Wasser hindurch. Eine neue Wassersäule schoss aus dem Fluss und wickelte sich um ihre Hüfte. Sie schrie auf und Tom musste hilflos zusehen, wie seine Freundin ins Wasser gezogen wurde. Ihre Stimme verstummte gluckernd. Silver rannte zum Flussufer und heulte laut. Storm wich zurück, als schäumende Wellen zu ihm hochwogten. Das Wasser rauschte und Elenna wurde von der schnellen Strömung fortgerissen.

„Nein!“, schrie Tom. Er streckte eine Hand aus, doch Elenna war schon zu weit flussabwärts getrieben.

Tom wurde plötzlich schwarz vor Augen und er spürte, dass er bald ohnmächtig werden würde. Er hörte auf, gegen das Wasser anzukämpfen, und zog stattdessen sein neues Schwert. Er holte aus und hieb nach einem der Wassertentakel. Der Arm zog sich zurück und Tom fiel auf die Knie. Es gelang ihm gerade noch, nicht kopfüber in das wirbelnde Wasser zu fallen. Doch dann bildete sich in den Wellen eine riesige Faust, die nach ihm ausholte. Tom rollte sich blitzschnell zur Seite und die Faust donnerte gegen das Ufer. Das war Malvels Werk!

Elenna ruderte panisch mit den Armen, während sie weiter flussabwärts getrieben wurde. Silver folgte ihr heulend am Ufer entlang.

„Wenn ich sie nicht bald erreiche, wird sie ertrinken“, dachte Tom.

Spur der Zerstörung

Tom griff nach Storms Zügel und versuchte, seinen aufgebrachten Hengst zu beruhigen.

„Ich brauche dich“, sagte er. Dann schwang er sich in den Sattel und drückte mit den Fersen zu. Storm raste los und stürmte am Ufer entlang.

Elennas Arme fuchtelten Hilfe suchend durch die Luft. Die Strömung zerrte stark an ihr. Weiter vorne entdeckte Tom plötzlich scharfe Felsen, die gefährlich aus dem Wasser ragten.

Endlich holten sie Elenna ein und Tom löste mit einer Hand den Schild auf seinem Rücken. Er richtete sich in den Steigbügeln auf. Elennas Kopf erschien über der Wasseroberfläche und sie schnappte keuchend nach Luft.

„Elenna!“, rief er, so laut er konnte. „Fang!“

Sie drehte sich zu ihm um und Tom warf ihr den Schild zu. Er drehte sich in der Luft und landete in den tosenden Wellen direkt vor Elenna. Sie streckte den Arm aus und ihre Finger umklammerten das Holz.

Hustend und spuckend paddelte Elenna mit den Füßen. Mithilfe des Schilds gelang es ihr, ans Ufer zu schwimmen. Sie steuerte auf Tom und Storm zu.

„Danke!“, rief sie.

Tom ritt noch ein Stück näher, dann stieg er ab und legte sich flach auf den Bauch ans Ufer. Silver tauchte neben ihm auf.

„Hierher!“, rief Tom und streckte die Hände nach seiner Freundin aus.

Als Elenna nah genug war, griff er nach ihren Fingern und zog. Doch das wirbelnde Wasser folgte ihr und hielt sie fest. Ihre Lippen waren schon blau vor Kälte. Tom zog, so fest er konnte, aber die Magie, die sie gefangen hielt, war zu stark. Silver versuchte zu helfen und zog mit den Zähnen an Elennas Ärmel. Schließlich gelang es Tom und dem Wolf, sie mit einem gewaltigen Ruck ans Ufer zu hieven.

Schwach und zitternd vor Kälte kroch sie vom Wasser weg. Tom sank neben ihr zu Boden.

„Das war knapp“, keuchte sie. Ihre Zähne klapperten und sie schlang die Arme um sich. Nervös sah sie zum Fluss. „Was war das? Der Fluss war wie lebendig.“

„Das war Malvel“, sagte Tom grimmig. „Seine Magie ist schuld daran, dass sich das Land gegen uns wendet.“

Sie mussten von nun an sehr wachsam sein. In Tavania gab es nicht nur Biester, die ihnen gefährlich werden konnten.

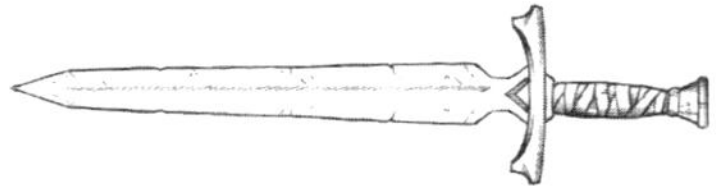

Tom sah zum Himmel hoch. Vor ihm ausgebreitet lag die goldene Karte. Die Nacht brach schon herein, aber er wollte noch nicht rasten.

„Wir sollten weiterreiten“, sagte er. „Wenn wir die Purpurwüste noch vor Sonnenaufgang erreichen, können wir vielleicht noch gegen das Biest kämpfen, solange es kühl ist.“

Elenna nickte. Sie wrangen das Wasser aus ihren Kleidern und benutzten ihre Decken, um sich abzutrocknen. Silver schüttelte sich und Wassertropfen flogen aus seinem dicken Fell in alle Richtungen.

Tom faltete die Karte zusammen und sie stiegen in den Sattel. „Je schneller wir von diesem Fluss fortkommen, desto besser“, sagte Elenna schaudernd.

Sie ritten durch die Dunkelheit über leere Felder, bis sie eine warme Brise aus südlicher Richtung spürten. Feine Sandkörner flogen durch die Luft.

„Wir müssen ganz in der Nähe der Wüste sein“, dachte Tom.

Sterne waren nicht zu sehen, aber das Mondlicht erhellte die Landschaft. Mühsam suchte Storm sich einen Weg zwischen dem langen Gras und den Dünen. Für Silver war das Gehen leichter.

Sie begegneten niemandem. Die Gegend war vollkommen verlassen.

„Sieh mal!“, rief Elenna plötzlich.

Tom lenkte Storm in die Richtung, in die sie deutete, und entdeckte einen Kaktus, dessen Kopf abgerissen war. Vier tiefe Furchen durchzogen seinen Körper, die nur von Klauen stammen konnten.

„Das Biest ist hier gewesen“, murmelte Tom. Convol musste dicke Haut haben, wenn ihm die langen Kaktusstacheln nichts ausmachten. Tom gab seinem Hengst die Sporen und sie ritten weiter durch die Wüste.

Plötzlich stießen sie auf einen Pferde-

kadaver. Sein Bauch war vorne aufgerissen und überall surrten Fliegen herum. Tom zog angewidert seine Tunika über die Nase, um sich vor dem Gestank zu schützen.

„Ich glaube, das ist ein Maultier“, sagte Elenna und hielt ihre Nase ebenfalls zu.

Tom wurde übel. Auf dem Hals des toten Tieres waren die gleichen Krallenspuren zu sehen, wie zuvor auf dem Kaktus, nur dass diese hier blutverschmiert waren. Er lenkte Storm weg. „Wir müssen Convol finden, bevor er noch mehr Tiere verletzt – oder Menschen“, sagte er.

Bald darauf entdeckte er in der Ferne etwas, das aussah wie Strohhütten. Er ließ Storm im Schritt weitergehen. Als sie näher kamen, erkannte Tom Dutzende kuppelartige, einstöckige Gebäude, die um einen zentralen Platz angeordnet waren.

„Es ist eine Siedlung“, stellte Elenna fest.

Tom nickte. „Vielleicht können uns die Leute hier sagen, wo wir Convol finden.“

Doch als sie das Dorf betraten, fanden sie auch hier eine Spur der Verwüstung vor. Tom sah zwei umgeworfene Marktkarren zwischen den Häusern. Die Planen waren zerrissen.

„Convol ist hier gewesen“, sagte Elenna.

Tom schluckte. Hieß das, dass alle Bewohner das gleiche Schicksal ereilt hatte, wie das Maultier?

Hinter ihm ertönte ein Geräusch und ein faustgroßer Stein landete vor ihm auf dem Boden. Ein zweiter Stein flog durch die Luft und traf Storm in die Seite. Der Hengst schnaubte verärgert und buckelte. Tom und Elenna wurden aus dem Sattel geschleudert.

Tom landete hart auf dem Boden, doch er kam schnell wieder auf die Füße. Er drehte sich um und spähte durch die Lücken zwischen den Häusern. Elenna stellte sich mit gezückter Armbrust breitbeinig hin.

Im dunklen Türeingang eines Hauses entdeckte Tom das Glitzern eines Augenpaares. Jemand – oder etwas – beobachtete sie.

Tom zog sein Schwert und richtete die Spitze auf den Fremden.

„Zeig dich!“, rief er herausfordernd.

Der Wüstendämon

Ein kleiner Junge kam heraus. Seine Beine und Arme waren sehr dünn und seine Wangen eingefallen. Tom war sofort klar, dass er hungerte. Seine Lippen waren trocken und rissig.

„Tut mir leid wegen deinem Pferd“, sagte der Junge nervös. Seine Augen fielen auf Toms Schwert. „Bist du ein Ritter oder so etwas? Bist du hier, um gegen das Monster zu kämpfen?“

Monster? Das konnte nur eines bedeuten.

Tom senkte seine Waffe und Elenna tat es ihm gleich.

„Erzähl uns, was du gesehen hast. Wie hat das Monster ausgesehen?“

Der Junge blinzelte angstvoll in die Dunkelheit. „Das Monster sah aus wie eine Echse. Die größte Echse, die ich je gesehen habe. Sie war bestimmt dreißig Schritte lang und hatte Zähne so groß wie deine Hand. Die Riesenechse hat unser Dorf angegriffen.“

„Und wo sind die anderen Dorfbewohner?“, fragte Elenna.

Tränen stiegen dem Jungen in die Augen, die im Mondlicht silbern schimmerten. „Wir brauchen Wasser“, sagte er. „Aber das gibt es nur in der Oase, die das Monster bewacht. Die anderen sind losgezogen, um nach einer anderen Wasserquelle zu suchen.“ Er machte eine Pause und wischte sich die Tränen weg. „Ich weiß nicht, ob sie wiederkommen werden.“

Tom legte den Arm um die Schultern des Jungen. „Mach dir keine Sorgen“, sagte er. „Wir sind jetzt da.“

„Werdet ihr das Monster verjagen?“, fragte der Junge und schniefte.

„Ich werde mein Bestes geben“, versprach Tom. „In welcher Richtung liegt die Oase?“

Der Junge deutete hinter die Häuser. Tom konnte im Dunkeln nichts erkennen. „Es gibt drei große Dünen, die wie

Pyramiden aussehen. Die Oase liegt hinter der mittleren."

„Dann gehen wir dorthin", sagte Tom entschlossen.

Das Gesicht des Jungen leuchtete auf. „Wartet!", sagte er und rannte ins Haus.

Tom ging ein paar Schritte näher an das Gebäude heran. Im kleinen Vorgarten wuchsen Pflanzen, doch sie waren verdörrt und braun. Die Erde war aufgewühlt, als ob eine Rinderherde hindurchgetrampelt wäre.

„Wir müssen das Biest unbedingt aufhalten", flüsterte er Elenna zu.

Der Junge kam mit zwei Umhängen aus dem Haus geeilt. „In der Wüste wird es sehr heiß", sagte er. „Die hier werden euch vor der Sonne schützen."

Tom spürte eine Welle der Dankbarkeit in sich aufsteigen. Auch wenn sie in einem seltsamen neuen Königreich waren, bedeutete das nicht, dass die Menschen hier ihre Feinde waren. Unsicher betrachtete der Junge Elenna, als sie den Umhang umlegte. „Wirst du auch gegen das Monster kämpfen? Du bist doch ein Mädchen."

Elenna runzelte die Stirn und verschränkte empört die Arme, aber Tom lächelte. „Sie ist das mutigste Mädchen, das ich kenne", sagte er.

„Viel Glück", wünschte der Junge ihm. „Du wirst ihren Mut brauchen."

Sie gaben dem Jungen eine ihrer Wasserflaschen und verließen, eingewickelt in ihre Umhänge, das Dorf. Über den Horizont krochen die ersten Strahlen der aufgehenden Sonne. Weit vor ihnen erstreckte sich die Wüste. Als die Sonne am Himmel emporstieg, wurde es immer wärmer und der Horizont verschwamm in der Hitze zu einer flirrenden Linie. Tom kniff die Augen zusammen und schützte sie mit der Hand, um etwas sehen zu können. Elenna deutete durch den Hitzedunst auf drei nebeneinanderliegende Dünen.

„Das muss die Stelle sein, die der Junge beschrieben hat“, sagte sie.

Sie ritten auf die mittlere Düne zu. Der Hengst hatte Mühe, die Düne zu erklimmen, da der Sand unter seinen Hufen nachgab. Auch Silver hechelte vor Anstrengung. Tom und Elenna teilten sich die letzten Tropfen aus ihrer Wasserflasche.

„Wir brauchen schnell neues Wasser“, sagte Tom. „Sonst werden wir verdursten.“

Sie erreichten die Spitze der Düne und spähten in die Ferne. Die Wüste erstreckte sich, so weit das Auge reichte. Die Oase lag nicht weit entfernt. Sie war eine grüne Insel inmitten des goldenen Sandes.

Das geöffnete Portal schwebte über ihr wie ein wütend aufgerissener Mund.

„Aber wo ist das Biest?“, dachte Tom. „Es muss sich in der Oase verstecken.“

Tom lenkte Storm im Zickzack die Düne hinunter und auf die Oase zu. Er konnte das Wasser sehen und Storm begann zu traben, so sehr freute er sich auf das Trinken.

Sie kamen an das Ufer des Wüstensees und Storm senkte sofort den Kopf. Silver trank neben ihm. Die Wasseroberfläche war glatt wie ein Spiegel.

„Was, wenn Malvel auch hier das Wasser verzaubert hat?“, fragte Elenna.

Tom sah sich aufmerksam um, ob Convol über den Sand herangejagt kam, doch er konnte nichts entdecken.

„Lass uns die Flasche auffüllen und einen Platz finden, um zu warten“, sagte er.

Als er sich über das Wasser beugte, traf ihn die Hitze wie ein Schlag. Er fragte sich, wie lange sie es hier aushalten würden.

Plötzlich bemerkte Tom, dass sich das Wasser bewegte. Eine kleine Welle schwappte über das Ufer.

Tom hob misstrauisch den Kopf. Doch er konnte im See nichts entdecken. Aber irgendetwas musste die Welle verursacht haben.

„Elenna ...“, sagte er.

Ein Schwanz, gespickt mit scharfen Stacheln, durchbrach die Wasseroberfläche, gefolgt von einem grünbraunen Körper mit dicker, warzenbesetzter Haut. Tom lenkte Storm schnell fort vom Ufer. Nun tauchte auch der Kopf des Biests aus dem Wasser auf.

Tom griff nach dem Schild, aber gegen solch einen riesigen Gegner würde er ihm wohl wenig nützen. Das riesige Monster öffnete seine lange Schnauze und brüllte so laut, dass sogar die Pflanzen um sie herum erbebten.

Das erste Biest von Tavania war da!

Das kaltblütige Biest

Convol stürmte durch das Wasser auf sie zu und holte mit seinem Schwanz wie mit einer Peitsche nach ihnen aus. Er erwischte Storm an den Beinen und riss ihn von den Hufen. Storm wieherte vor Schmerz und Elenna und Tom krachten heftig auf den Wüstenboden.

Benommen versuchte Tom, wieder auf die Füße zu kommen, und auch Storm richtete sich langsam auf. Tom zog sein Schwert, aber es fühlte sich seltsam an, anders als sein eigenes. Er erinnerte sich daran, dass der Bernstein in seinem Gürtel, den er von Tusko dem Mammut bekommen hatte, seine Kampfkraft stärken würde.

Elenna rappelte sich auf und zog ihn weg vom Wasser in den trockenen Sand. Silver knurrte, aber auch er zog sich zurück. Convol kroch aus dem Wasser ans Ufer und kam hinter ihnen her. Er hatte vier kräftige Beine mit riesigen Krallen an den Füßen.

Das Biest spannte seine Muskeln an und sein Schwanz erhob sich über seinem Körper wie bei einem angreifenden Skorpion. Tom erkannte die Gefahr sofort. Er riss seinen Schild hoch, und schon krachte der Schwanz des Biests donnernd dagegen. Tom wurde zu Boden geschleudert. Seine Schulter schmerzte von dem Aufprall.

Convol brüllte und holte erneut mit dem Schwanz aus. Tom wehrte den heftigen Schlag im letzten Moment ab. Das Biest schrie wütend auf und entblößte dabei eine Reihe riesiger spitzer Zähne. Saurer Atem wehte zu Tom herüber.

Elenna war auf Storms Rücken gesprun-

gen und ritt auf das Biest zu. Am Rande des Wassers brachte sie den Hengst zum Stehen. Silver stellte sich tapfer an ihre Seite und knurrte drohend.

„Hier rüber!“, rief sie dem Biest zu.

Convols rote Augen blitzten auf und fixierten die neue Beute. Er holte mit dem

Schwanz nach Elenna aus, aber sie wich ihm rechtzeitig aus. Auch Silver sprang zur Seite.

„Verschwindet!“, rief Tom und stand langsam auf.

Doch Elenna wartete so lange ab, bis Convol aus dem Wasser kam, um sie zu verfolgen. „Sie lenkt ihn ab“, begriff Tom. Im letzten Moment drückte seine Freundin die Fersen in Storms Seiten und ritt weg, dicht gefolgt von Silver. Dabei wirbelten Storms Hufe Sand auf, der dem Biest direkt ins Gesicht geschleudert wurde. Das Biest wurde wütend. Seine Augen flackerten angriffslustig hinter den doppelten Lidern.

„Was ist das?“ Tom bemerkte, dass Convols gestachelter Rücken nicht mehr so glänzte, wie zuvor. Das Wasser trocknete in der Sonne und hinterließ raue

Stellen. Die dicke Haut des Biests sah rissig aus, als würde sie durch das fehlende Wasser austrocknen. „Convol ist kein Wüstentier“, erinnerte sich Tom. Das Biest war also doch nicht unbesiegbar. Tom sprang vor und schlug nach Convols Schwanz. Aber sein Angriff war ungeschickt und die Klinge rutschte ab.

Convol stieß ein entsetzlich lautes

Zischen aus. Das Geräusch ging Tom durch Mark und Bein und er hielt sich mit den Händen die Ohren zu. Er sah den Schwanz nicht kommen. Er traf ihn mit voller Wucht in den Bauch und schleuderte Tom durch die Luft, sodass sein Umhang flatterte. Tom stürzte in den Sand. Sein Körper krümmte sich vor Schmerz und er rang nach Luft. Er schüttelte den Kopf, um wieder klar zu werden, und sah, dass das Biest jetzt Elenna jagte.

Noch war sie ein Stück vor ihm, aber das Biest rannte mit seinen gedrungenen Beinen erstaunlich schnell über die Dünen. Convol schnappte nach Storms Hufen, aber der Hengst wich ihm geschickt aus.

Die Sonne stand nun direkt über ihnen und brannte auf sie herab. Die Risse, die sich auf seinem Körper bildeten, und die angespannte Haut schienen das Biest rasend zu machen. Convol stürmte durch den Sand hinter Elenna her, aber seine Wutschreie waren nun mit Schmerzenslauten vermischt. „Er braucht das Wasser genauso sehr wie wir“, dachte Tom.

Er rannte über die Düne. „Locke ihn hierher!“, rief Tom seiner Freundin zu.

Doch beim Laufen verhedderte er sich immer wieder mit den Füßen im Umhang und stolperte über den unebenen Boden. Schweiß lief ihm von der Stirn und brannte in seinen Augen.

„Uns rennt die Zeit davon“, dachte er.

Elenna ritt nun mit Storm im Galopp zurück zum Wasser, dicht gefolgt von Silver.

„Nein!“, schrie Tom. „Nicht in diese Richtung!“ Das Wasser war der einzige Ort, an dem das Biest in der Wüste überleben konnte.

Doch Elenna hatte sein Rufen nicht gehört und ritt weiter direkt auf die Oase zu. Convol war nur eine Pferdelänge hinter ihr. Speichel flog ihm aus dem Maul, während er hinter ihr herrannte. Ein plötzlicher Windstoß peitschte den Sand auf. Als er um Tom herumwirbelte, hätte er schwören können, dass er das boshafte Gelächter von Malvel hörte.

„Du wirst verlieren, Tom“, spottete eine geisterhafte Stimme.

Als die Luft wieder aufklarte, erblickte Tom etwas, das das Blut aus seinen Wangen weichen ließ. Convols Schwanz war hoch über Elenna und Storm erhoben. Ein Schlag mit dieser furchtbaren Waffe und seine Freunde wären tot!

Das Biest wehrt sich

Convol stürzte mit der ganzen Wucht seines mächtigen Körpers nach vorne, doch da riss Elenna ruckartig an Storms Zügeln und der Hengst wich zur Seite aus. Wasser spritzte auf, als Convol mit peitschendem Schwanz in den See stürzte. Dabei stieg eine riesige Wasserfontäne in die Luft.

Über ihnen begannen die Ränder des Portals zu flimmern und Funken in allen Farben des Regenbogens stoben auf. Tom erkannte, dass es irgendwie mit dem Biest verbunden sein musste. Wenn das Portal Convol hierher gebracht hatte, musste es ihn auch wieder nach Hause bringen können.

„Schnell!“, rief er. „Stellt euch hinter mich!“

Elenna wendete Storm und Silver folgte ihr. Convol lag auf dem Bauch und hieb mit seinem Schwanz auf das Wasser ein. Wellen schwappten ans Ufer, während er versuchte, sich aufzurichten.

„Sieht so aus, als hätten wir ihn sehr wütend gemacht“, stellte Elenna fest.

„Convol hasst die Hitze“, erklärte Tom. „Wenn wir ihn zurück in den Sand locken können, haben wir eine Chance, ihn zu besiegen.“

Er betrachtete seinen hölzernen Schild, der sich durch das Bad im Fluss verzogen hatte. Das geborgte Schwert hatte Kerben in der Klinge und einen rostigen Griff. „Das sind die einzigen Waffen, die ich habe“, sagte er zu sich selbst. „Sie müssen genügen.“ Er konnte nicht zulassen, dass die Menschen in diesem Königreich von Malvel unterdrückt wurden. Solange Chaos herrschte, würde der böse Zauberer das zu seinem Vorteil nutzen.

„Wir müssen uns aufteilen“, sagte er zu Elenna. „Dann muss das Biest sich auf zwei Gegner konzentrieren. Nur so haben wir eine Chance, ihn zu besiegen. Bleib hier, bis ich dich rufe.“

Tom nahm den Umhang ab und spürte sofort die sengende Hitze auf seiner Haut. Aber mit dem Umhang konnte er nicht kämpfen. Er hatte keine Wahl. Er näherte sich dem Ufer und hielt sein Schwert bereit.

„Ich bin hier!“, rief er.

Das Biest tauchte einen Moment lang ab und erschien dann wieder ein Stück weiter vorne an der Wasseroberfläche. Sein äußeres Augenlid blinzelte boshaft und der lange Schwanz fegte hin und her.

Tom rannte am linken Ufer entlang in Richtung des Portals.

Convol preschte durch das Wasser auf ihn zu. Wieder erhob sich sein triefend nasser Schwanz aus dem See. Doch dieses Mal war Tom vorbereitet. Als der Schwanz herunterdonnerte, sprang er flink zur Seite. Er krachte in den Sand und hinterließ eine tiefe Mulde.

Als die Krallen des Biests nach ihm ausholten, drückte Tom seinen Schild fest an seine Seite. Der Schild knackte und bog sich unter dem heftigen Schlag. Tom wehrte die riesigen Klauen des Biests mit der flachen Schwertseite ab. Er ging rück-

wärts, um Convol weiter aus dem Wasser zu locken.

„Komm und hol mich!“, forderte Tom den Wüstendämon heraus.

Das Biest hievte seinen riesigen, glänzenden Körper an Land und stürmte mit weit geöffnetem Maul auf Tom zu.

Als es nach Tom schnappte, gelang es ihm nur knapp, seinen Arm wegzuziehen, bevor sich die scharfen Zähne hineingruben. Er schlug den Schild gegen Convols

Schnauze und das Biest zuckte vor Schmerz zischend zurück. Dann holte es wieder mit dem Schwanz aus. Tom wehrte den Schlag ab, aber sein Schild war inzwischen zu sehr beschädigt. Ein großer Splitter brach heraus und bohrte sich tief in Toms Arm.

Tom biss die Zähne zusammen. Er spürte Blut über seinen Arm sickern. Doch er ließ den Schild nicht fallen. Ohne ihn war er schutzlos.

„Elenna!", rief er. „Du musst ihn ablenken. Aber sei vorsichtig!"

Seine Freundin nickte und galoppierte mit Storm auf das Biest zu. Ihr Umhang wehte ihr um die Schultern. Convol sah sie kommen und drehte sich zu ihr um. Elenna wendete abrupt und ritt am Ufer entlang, dicht gefolgt von dem Biest.

Als er sicher war, dass Convol seiner

Freundin wirklich folgte, hob er sein Schwert hoch über den Kopf. „Ich hoffe, das funktioniert!"

Tom zielte auf das Biest und warf das Schwert mit all seiner Kraft in Richtung des Wüstendämons. Es flog auf das Biest zu und bohrte sich tief in seinen Schwanz. Convol kam schlitternd zum Stehen. Tom verlor keine Zeit. Er rannte den langen Schwanz des Biests hoch und zog sein Schwert aus dem Echsenkörper heraus. Convol bäumte sich auf, aber Tom behielt das Gleichgewicht. So schnell er konnte, lief er auf dem Rücken des Biests nach vorn und wich den scharfen Stacheln geschickt aus.

Als das Biest sich heftig schüttelte, um ihn abzuwerfen, fiel Tom auf die Knie. Er war nun direkt hinter der Schnauze und hielt sich rechts und links am Kopf fest.

Convol schnappte wütend mit seinen scharfen Zähnen in die Luft.

Tom hob schnell den Schwertgriff und hieb dem Biest damit hart auf die Schnauze. Convol brüllte vor Schmerz. Tom schlug ein zweites Mal zu und Convols Kiefer krachten aufeinander. Beim dritten Schlag verdrehten sich die Augen des Biests nach hinten und die Beine ließen unter ihm nach. Convol brach im Sand zusammen.

Neue Kraft erfüllte Tom. Er hatte gewonnen! Convols Leben lag in seinen Händen. Die Menschen aus dem Dorf konnten ihr Wasser nun wieder ohne Furcht aus der Oase holen. Tom sprang ab und richtete sein Schwert auf den Kopf des Biests.

Ein letzter Schlag und alles wäre vorbei.

Ein Akt der Gnade

Convol blinzelte benommen und sah zu Tom hoch. Die Wut in seinem Blick war verschwunden, der Hass war weg. Durch die Kraft des roten Juwels an seinem Gürtel – den er nach dem Sieg über Torgor, den Minotaurus, bekommen hatte – spürte Tom die Angst des Biests.

Und er wusste, dass er Convol nicht töten konnte.

Tom senkte sein Schwert und trat zurück. Elenna stand mit vor Staunen aufgerissenem Mund da, doch sie sah nicht zu Tom. Ihre Augen waren zum Himmel auf das magische Portal gerichtet. Tom sah ebenfalls nach oben.

Das Portal wurde immer größer und verschlang bald einen Großteil des Himmels. Tom bekam Panik. Hatte er etwas falsch gemacht? Würde Tavania jetzt zerstört werden? Die Ränder des Portals leuchteten blau, dann rot und schließlich orange.

Convol brüllte und Tom stolperte rückwärts. Plötzlich kam ein stürmischer Wind auf. Er erfasste den schweren Körper des Biests und ließ ihn langsam nach oben schweben. Tom starrte dem Biest hinterher, während es in Richtung des Portals gezogen wurde.

Doch Convol schien keine Angst zu haben. Er flog höher und höher und wurde schließlich mit einem lauten *Wusch!* in das

Portal gesaugt. Einen Herzschlag nachdem das Biest verschwunden war, schloss sich das Portal wie eine blitzschnell heilende Wunde.

Plötzlich wurde der Himmel schwarz und alles wurde in Dunkelheit getaucht. Es war, als wäre die Sonne ausgeknipst worden. Dann blinkte sie grell leuchtend wieder auf. Das Portal war verschwunden.

„Er ist nach Hause zurückgekehrt", sagte Tom staunend.

Elenna stieg von Storms Rücken und rannte zu ihm, dicht gefolgt von Silver.

„Wir haben es geschafft!", jubelte sie. „Und du musstest das Biest gar nicht töten!"

„Ich bin so froh", sagte Tom erleichtert. Da bemerkte er plötzlich etwas in der Luft. Es flog direkt auf sie zu, er konnte jedoch nicht erkennen, was es war.

„Ist das ein Vogel?“, fragte Elenna und kniff die Augen zusammen.

„Ich glaube nicht“, erwiderte Tom. „Dafür ist es zu groß.“

Das Ding kam näher und Tom erkannte nun, dass es aus rotem Stoff mit goldenem Muster bestand.

„Es ist der Umhang des Zauberers!“, rief Elenna.

Der Stoff flatterte zu Boden. Doch statt auf dem Sand zu landen, schwebte der Umhang weiterhin in der Luft. Es sah aus, als ob ein unsichtbarer Mann ihn tragen würde.

Im hellen Wüstenlicht konnte Tom nun den Umriss einer Gestalt erkennen.

„Oradu!“, rief Elenna.

„Seid gegrüßt, Freunde aus Avantia“, sagte der Zauberer. „Ich sehe, das Königreich Tavania ist in guten Händen.“

„Aber ... Ihr seid hier? Wie ist das möglich?“, fragte Tom verwundert.

„Ich bin hier und bin es doch nicht“, erklärte Oradu. „Im Moment bin ich nur ein Schatten. Doch jedes Mal, wenn du ein Biest zurück nach Hause schickst, wird meine Aura stärker werden.“

„Aura?“, fragte Elenna.

„Malvel hat mir meine Zauberkraft gestohlen“, sagte Oradu traurig. „Doch mit jedem erlösten Biest kehrt sie wieder ein Stück zurück.“

„Und wenn wir alle sechs Biester nach Hause gebracht haben, wirst du deine Kräfte vollständig zurückbekommen?“, fragte Tom.

„Das ist richtig, Tom“, antwortete der Zauberer. „Erst dann werde ich genug Kraft haben, um den bösen Magier zu besiegen.“

„Dann werden wir nicht ruhen, bis wir die Mission beendet haben“, sagte Tom entschlossen. „Malvel darf nicht auf dem Thron bleiben.“

Oradu nickte. „Ihr werdet mehr brauchen als nur Kampfgeist, junge Freunde. Weitere fünf Biester warten auf eure Hilfe. Das nächste Biest ist ein Wesen aus Feuer und Wut. Seid ihr bereit?“

Tom wechselte einen Blick mit Elenna. Sie straffte die Schultern und nickte.

„Wir sind immer bereit“, sagte Tom.

Oradu lächelte. „Dann wünsche ich euch gutes Gelingen.“

Mit diesen Worten verschwand der Umriss und der rote Umhang fiel zu Boden. Dann faltete er sich zusammen und flog wie ein Schmetterling auf Storm zu, dessen Satteltasche sich wie von Zauberhand öffnete. Der Umhang verschwand darin.

„Sieht so aus, als ob Oradu uns auf unserem Weg begleiten wird“, sagte Tom lächelnd.

„Schau mal, Tom!“, rief Elenna plötzlich.

Tom drehte sich um und bemerkte, dass sie nicht mehr allein waren. Eine Reihe Gesichter beobachtete sie über die Düne hinweg. Frauen und Männer in langen Umhängen. Ganz vorne stand der Junge aus dem Dorf. Er winkte ihnen zu und Jubelrufe ertönten.

„Kommt her!“, rief Tom den Leuten zu. „Die Oase ist wieder sicher!“

Die Männer und Frauen liefen fröhlich auf das Wasser zu. Tom begriff, wie wichtig die Mission war. Egal wie hart es auch werden würde, er würde seine Aufgabe erfüllen.

„Komm“, sagte er zu Elenna und wandte sich der Wüste zu. „Wir haben gerade erst angefangen.“

Tom ist es gelungen, das erste Biest von Tavania zu befreien und es zurück in seine Heimat zu schicken. Doch Tom ist erst am Anfang seiner Mission, denn fünf weitere Biester verwüsten das Land, und Tom ist der Einzige, der sie befreien kann.
Das alles ist Malvels Werk! Tom wird nicht ruhen, bis er den bösen Zauberer ein für alle Mal besiegt hat! Auf den folgenden Seiten erfährst du, wie das nächste Abenteuer beginnt.

Wütendes Feuer

Eldor hob den Kopf und schnupperte in die Luft. Eine sanfte Brise strich über sein Geweih. Der Hirsch roch nichts Ungewöhnliches in seinem Wald. Die Rehe grasten friedlich und die Kitze waren nah bei ihnen. Dennoch war heute irgendetwas anders …

Eldor war schon lange König des Waldes und kannte all seine Geheimnisse. Seine Sinne waren scharf wie die Krallen eines Adlers und hatten ihn noch nie im Stich gelassen. Und nun sagten sie ihm, dass eine Veränderung bevorstand. Veränderungen im Wald bedeuteten nie etwas Gutes.

Der Hirsch legte den Kopf in den Nacken und röhrte dem unsichtbaren Feind warnend zu. Die Rehe blickten auf. Ihre Ohren zuckten alarmiert. Die Kitze spürten die Besorgnis ihrer Mütter und drückten sich mit zitternden Körpern dichter an sie. Eldor ging langsam im Kreise seiner Familie weiter und suchte nach ungewöhnlichen Spuren auf dem Waldboden.

Plötzlich schnellte Eldors Kopf erschrocken hoch. Seine Nasenlöcher bebten. Sein Körper spannte sich an. In der Luft lag der Geruch nach dem, was er und seine Familie am meisten fürchteten: Rauch.

Der Hirsch würde nie den Tag vergessen, als ein riesiges Feuer den Wald verwüstete. Damals war er noch ein kleines Rehkitz gewesen. Sein Vater war gestorben, sowie viele andere. Eldor zitterte, als ein Hase mit vor Angst weit aufgerissenen Augen zwischen seinen Beinen hindurchflitzte. In der Ferne trat Rauch zwischen den Bäumen hervor.

Die Rehe und Kitze drängten sich eng zusammen. Unruhig liefen sie hin und her, nicht sicher, in welche Richtung sie fliehen sollten. Vor Panik zwitschernde Vögel flogen über ihre Köpfe hinweg. Auf dem Boden wimmelte es von aufgeschreckten Tieren. Mäuse, Wiesel, Hasen, Füchse. Alle Lebewesen des Waldes waren auf der Flucht.

Eldor brachte seine Panik unter Kontrolle und rief seiner Herde warnend zu. Die Rehe und Kitze stürzten los. Sie rannten zum Waldrand und gelangten auf die weite Ebene dahinter. Dort konnten sie sich zwar nicht vor Angreifern verstecken, aber vor dem Feuer davonlaufen.

Als sich vor Eldor plötzlich ein orangefarbener Pfad öffnete, blieb er dennoch stehen und versicherte sich, dass alle Familienmitglieder losgerannt waren. Ein riesiger rollender Feuerball raste durch das Unterholz. Durch die Hitze fingen Eldors Augen an zu tränen und er konnte kaum noch etwas sehen. Zu spät bemerkte er, dass der Feuerball schneller wurde. Er schien die Richtung zu wechseln, als wäre er lebendig, und steuerte direkt auf Eldor zu. Mit einem mächtigen Satz sprang der Hirsch aus dem Weg und landete neben einem trockenen Blätterhaufen. Ein fliegender Funke traf die vertrockneten Blätter und entzündete den Haufen. Doch Eldor gelang es gerade noch, die Flammen mit seinen Hufen auszutrampeln.

Dies war kein gewöhnliches Feuer. Eldor schien es, als wäre es ein lebendiges Wesen – als hätte es eine Seele. Der Hirsch beobachtete, wie der Feuerball plötzlich seine Gestalt änderte. Glieder formten sich aus einem Körper, der sich streckte und immer größer wurde. Das Feuer verwandelte sich in ein riesiges menschenähnliches Monster mit …

Band 31
ISBN 978-3-7855-7841-4

Band 32
ISBN 978-3-7855-7842-1

Band 33
ISBN 978-3-7855-7961-9

Band 34
ISBN 978-3-7855-7962-6

Band 35
ISBN 978-3-7855-7963-3

Band 36
ISBN 978-3-7855-7964-0

Spannung garantiert!

Bd. 1: Ferno, Herr des Feuers
ISBN 978-3-7855-6155-3

Bd. 2: Sepron, König der Meere
ISBN 978-3-7855-6156-0

Bd. 3: Arcta, Bezwinger der Berge
ISBN 978-3-7855-6158-4

Bd. 4: Tagus, Prinz der Steppe
ISBN 978-3-7855-6159-1

Bd. 5: Nanook, Herrscherin der Eiswüste
ISBN 978-3-7855-6162-1

Bd. 6: Eposs, Gebieterin der Lüfte
ISBN 978-3-7855-6163-8

Bd. 7: Zefa, Gigant des Ozeans
ISBN 978-3-7855-6572-8

Bd. 8: Clark, Riese des Dschungels
ISBN 978-3-7855-6573-5

Bd. 9: Soltra, Beschwörerin der Steine
ISBN 978-3-7855-6658-9

Bd. 10: Vipero, Fürst der Schlangen
ISBN 978-3-7855-6659-6

Bd. 11: Arachnid, Meister der Spinnen
ISBN 978-3-7855-6713-5

Bd. 12: Trillion, Tyrann der Wildnis
ISBN 978-3-7855-6714-2

Bd. 13: Torgor, Ungeheuer der Sümpfe
ISBN 978-3-7855-7084-5

Bd. 14: Skoro, Dämon der Wolken
ISBN 978-3-7855-7085-2

Bd. 15: Narga, Monster der Meere
ISBN 978-3-7855-7148-4

Bd. 16: Kaymon, Höllenhund des Grauens
ISBN 978-3-7855-7149-1

Bd. 17: Tusko, Herrscher der Wälder
ISBN 978-3-7855-7150-7

Bd. 18: Sting, Wächter der Festung
ISBN 978-3-7855-7154-4

Bd. 19: Necro, Tentakel des Grauens
ISBN 978-3-7855-7068-5

Bd. 20: Ecor, Hufe der Zerstörung
ISBN 978-3-7855-7069-2

Bd. 21: Tarax, Klauen der Finsternis
ISBN 978-3-7855-7419-5

Bd. 22: Vargos, Biss der Verdammnis
ISBN 978-3-7855-7420-1

Bd. 23: Drako, Atem des Zorns
ISBN 978-3-7855-7493-5

Bd. 24: Pantrax, Pranken der Hölle
ISBN 978-3-7855-7494-2

Bd. 25: Rapu, der Giftkämpfer
ISBN 978-3-7855-7639-7

Bd. 26: Voltor, der Himmelsrächer
ISBN 978-3-7855-7640-3

Bd. 27: Rokk, die Felsenfaust
ISBN 978-3-7855-7641-0

Bd. 28: Kryos, der Eiskrieger
ISBN 978-3-7855-7642-7

Bd. 29: Paragor, der Teufelswurm
ISBN 978-3-7855-7643-4

Bd. 30: Toxodera, die Raubschrecke
ISBN 978-3-7855-7644-1

Bd. 31: Komodo, Echse des Schreckens
ISBN 978-3-7855-7841-4

Bd. 32: Zestor, Krallen des Verderbens
ISBN 978-3-7855-7842-1

Bd. 33: Pharox, Albtraum der Dunkelheit
ISBN 978-3-7855-7961-9

Bd. 34: Modrik, Grauen der Moore
ISBN 978-3-7855-7962-6

Bd. 35: Arbos, Fluch des Waldes
ISBN 978-3-7855-7963-3

Bd. 36: Vespix, Stacheln der Angst
ISBN 978-3-7855-7964-0

Bd. 37: Convol, der Wüstendämon
ISBN 978-3-7855-8133-9

Bd. 38: Hellion, die Feuerbestie
ISBN 978-3-7855-8134-6

Band 38
ISBN 978-3-7855-8134-6

Schicksalswald
Südfluss
Purpur-
wüste